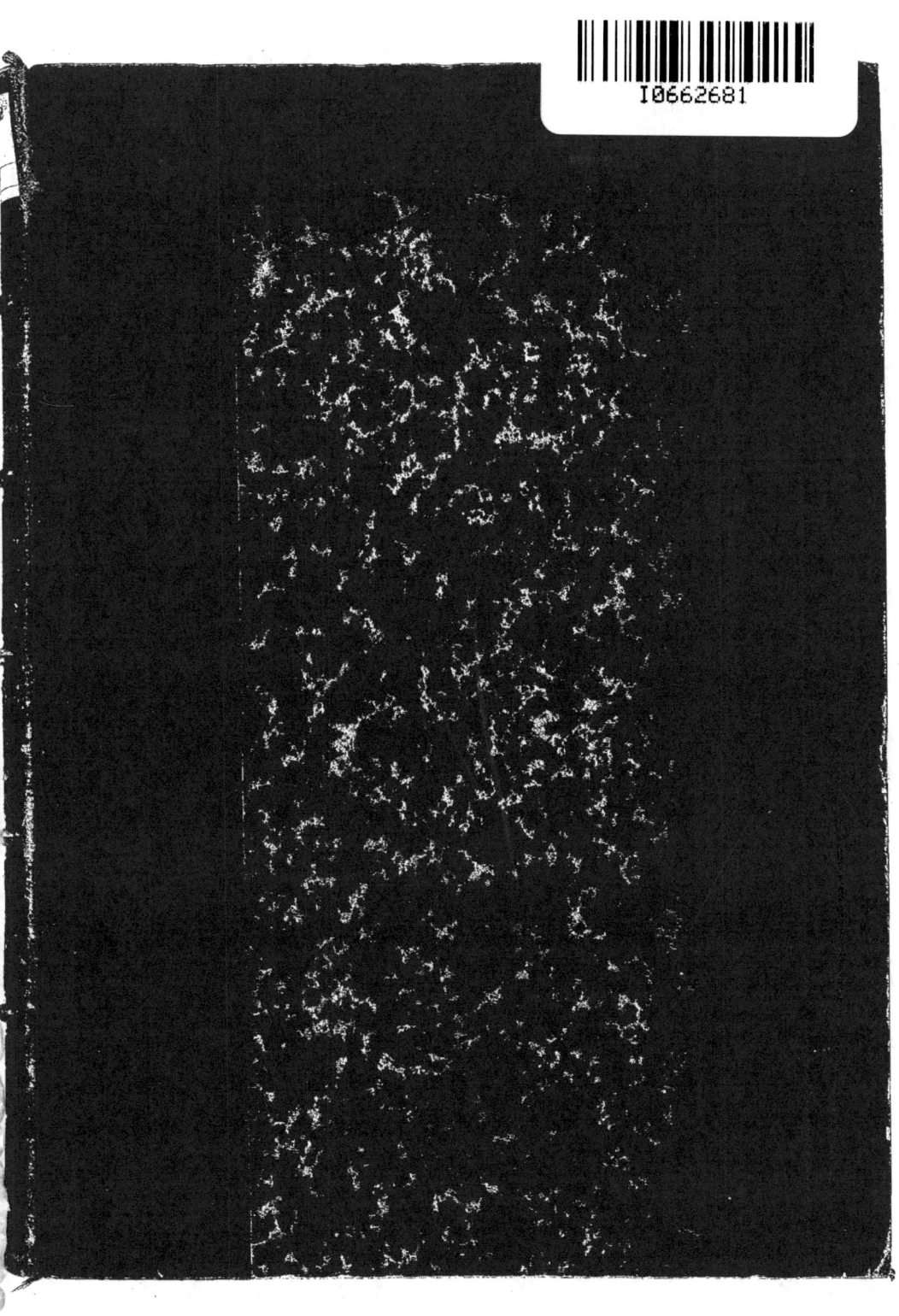

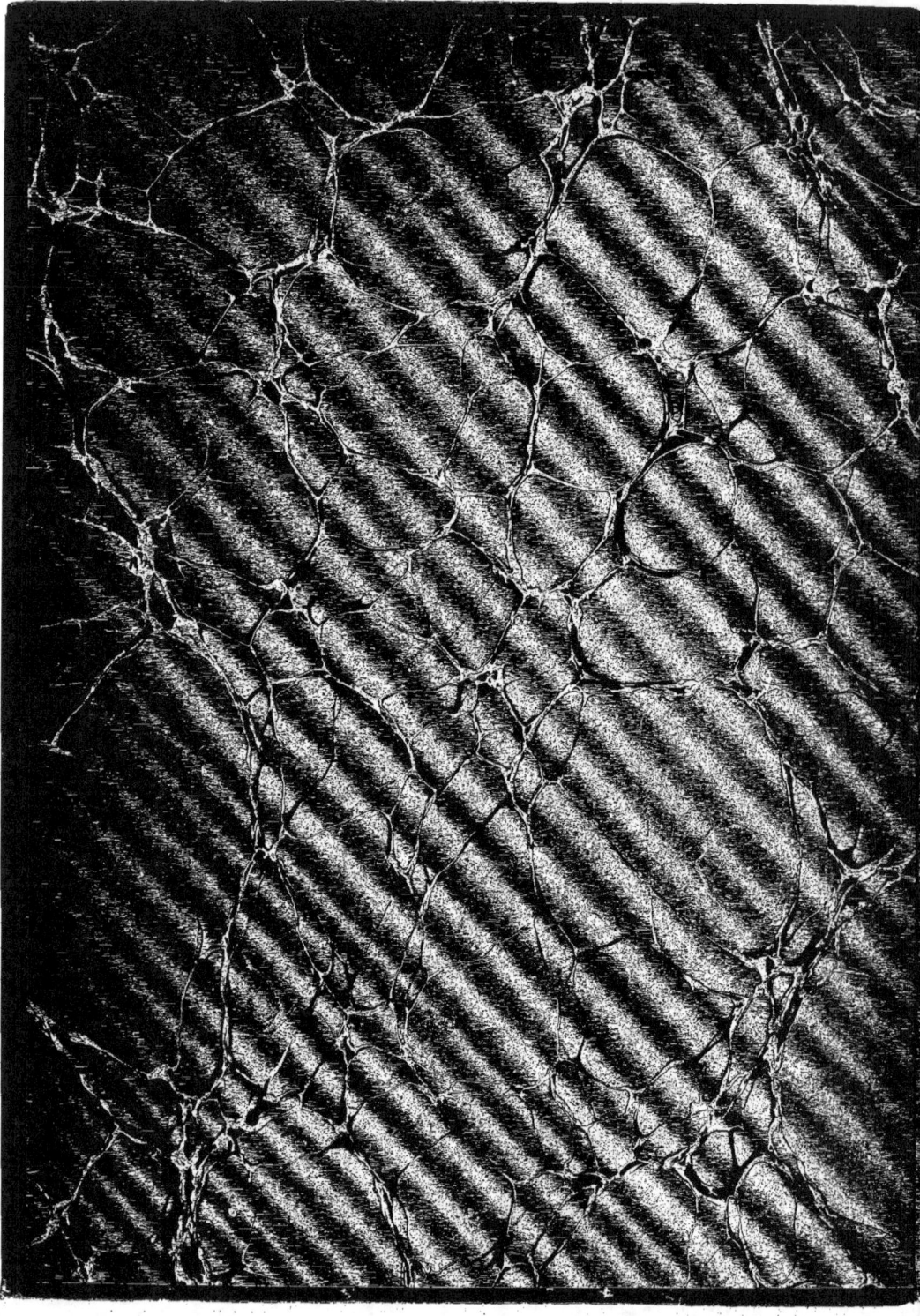

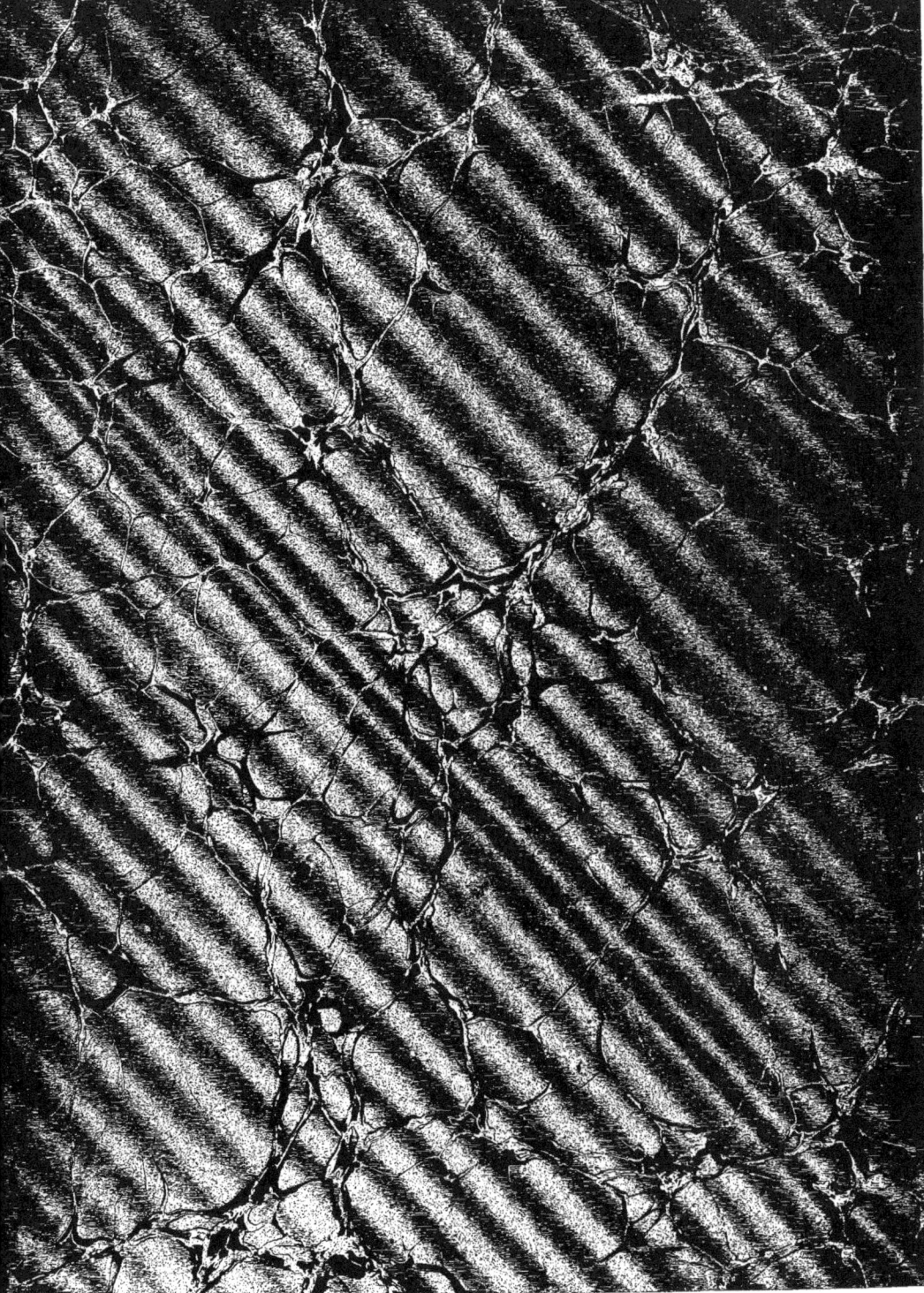

Le Vagabond

LE VAGABOND

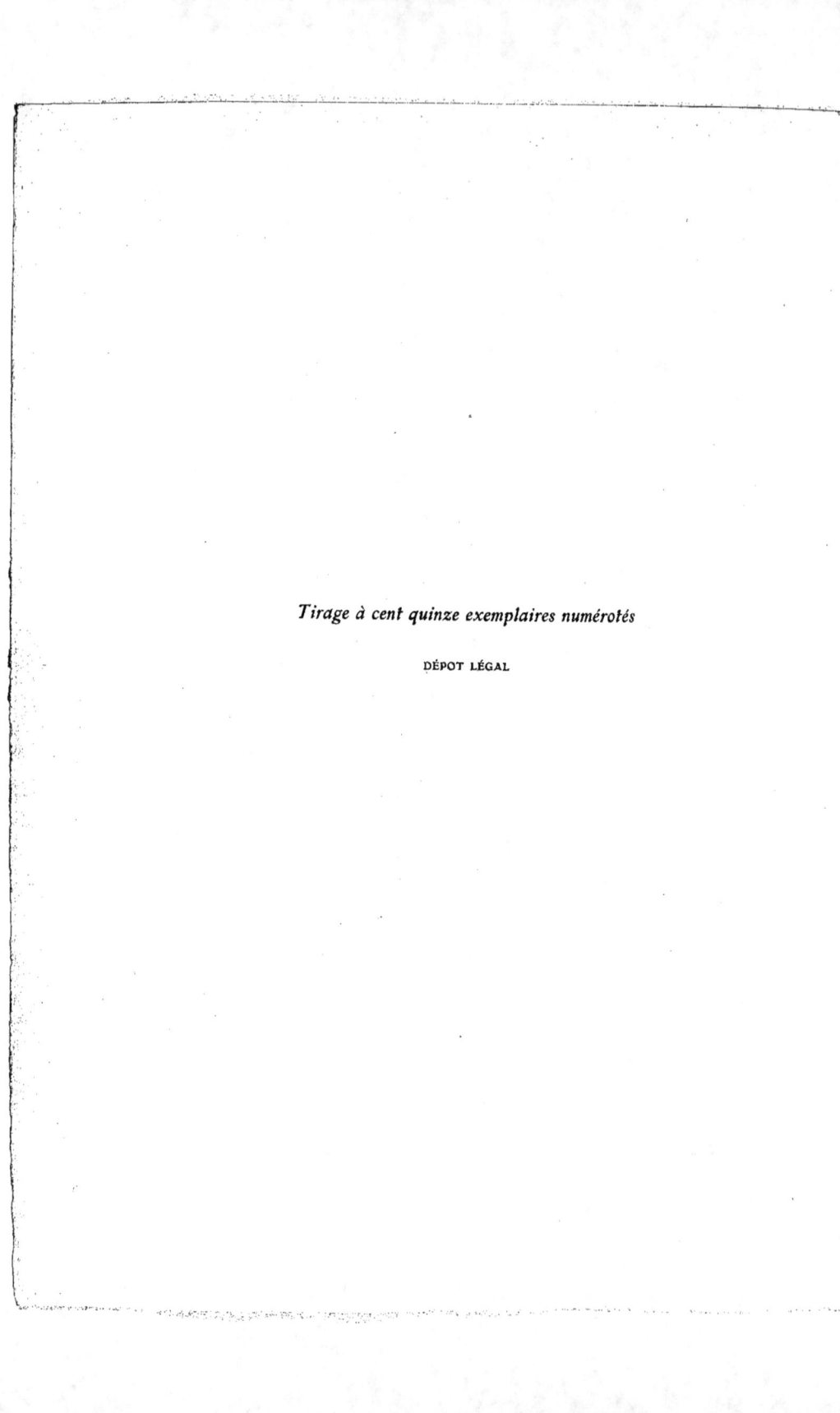

Tirage à cent quinze exemplaires numérotés

DÉPOT LÉGAL

GUY DE MAUPASSANT

LE

VAGABOND

Lithographies en Couleurs

par

STEINLEN

IMPRIMÉ AUX FRAIS

DE LA SOCIÉTÉ DES AMIS DES LIVRES

1902

Depuis quarante jours, il marchait, cherchant partout du travail. Il avait quitté son pays, Ville-Avaray, dans la Manche, parce que l'ouvrage manquait. Compagnon charpentier, âgé de vingt-sept ans, bon sujet, vaillant, il était resté pendant deux mois à la charge de sa famille, lui, fils aîné, n'ayant plus qu'à croiser ses bras vigoureux, dans le chômage général. Le pain devint rare dans la

1

maison; les deux sœurs allaient en journée, mais gagnaient peu; et lui, Jacques Randel, le plus fort, ne faisait rien parce qu'il n'avait rien à faire, et mangeait la soupe des autres.

Alors, il s'était informé à la mairie; et le secrétaire avait répondu qu'on trouvait à s'occuper dans le Centre.

Il était donc parti, muni de papiers et de certificats, avec sept francs dans sa poche et portant sur l'épaule, dans un mouchoir bleu attaché au bout de son bâton, une paire de souliers de rechange, une culotte et une chemise.

2

Et il avait marché sans repos, pendant les jours et les nuits, par les interminables routes, sous le soleil et sous les pluies, sans arriver jamais à ce pays mystérieux où les ouvriers trouvent de l'ouvrage.

Il s'entêta d'abord à cette idée qu'il ne devait travailler qu'à la charpente, puisqu'il était charpentier. Mais, dans tous les chantiers où il se présenta, on répondit qu'on venait de congédier des hommes, faute de commandes, et il se résolut, se trouvant à bout de ressources, à accomplir toutes les besognes qu'il rencontrerait sur son chemin.

Donc, il fut tour à tour terrassier, valet d'écurie, scieur de pierres; il cassa du bois, ébrancha des arbres, creusa un puits, mêla du mortier, lia des fagots, garda des chèvres sur une montagne, tout cela moyennant quelques sous, car il n'obtenait, de temps en temps, deux ou trois jours de travail qu'en se proposant à vil prix, pour tenter l'avarice des patrons et des paysans.

Et maintenant, depuis une semaine, il ne trouvait plus rien, il n'avait plus rien et il mangeait un peu de pain, grâce à la charité des femmes

qu'il implorait sur le seuil des portes, en passant le long des routes.

Le soir tombait, Jacques Randel harassé, les jambes brisées, le ventre vide, l'âme en détresse, marchait nu-pieds sur l'herbe au bord du chemin, car il ménageait sa dernière paire de souliers, l'autre n'existant plus depuis longtemps déjà. C'était un samedi, vers la fin de l'automne. Les nuages gris roulaient dans le ciel, lourds et rapides, sous les poussées du vent qui sifflait dans les arbres. On sentait qu'il pleuvrait bientôt. La campagne était déserte, à cette tombée de jour, la

veille d'un dimanche. De place en place, dans les champs, s'élevaient, pareilles à des champignons jaunes, monstrueux, des meules de paille égrenées; et les terres semblaient nues, étant ensemencées déjà pour l'autre année.

Randel avait faim, une faim de bête, une de ces faims qui jettent les loups sur les hommes. Exténué, il allongeait les jambes pour faire moins de pas, et, la tête pesante, le sang bourdonnant aux tempes, les yeux rouges, la bouche sèche, il serrait son bâton dans sa main avec l'envie vague de frapper à tour de bras sur le premier

passant qu'il rencontrerait rentrant chez lui manger la soupe.

Il regardait les bords de la route avec l'image,
dans les yeux, de pommes de terre défouies,
restées sur le sol retourné. S'il en avait trouvé
quelques-unes, il eût ramassé du bois mort, fait un
petit feu dans le fossé, et bien soupé, ma foi, avec
le légume chaud et rond, qu'il eût tenu d'abord,
brûlant, dans ses mains froides.

Mais la saison était passée, et il devrait,
comme la veille, ronger une betterave crue, arra-
chée dans un sillon.

Depuis deux jours il parlait haut en allon-
geant le pas sous l'obsession de ses idées. Il
n'avait guère pensé, jusque-là, appliquant tout son
esprit, toutes ses simples facultés, à sa besogne
professionnelle. Mais voilà que la fatigue, cette
poursuite acharnée d'un travail introuvable, les
refus, les rebuffades, les nuits passées sur l'herbe, le
jeûne, le mépris qu'il sentait chez les sédentaires
pour le vagabond, cette question posée chaque
jour : « Pourquoi ne restez-vous pas chez vous ? »
le chagrin de ne pouvoir occuper ses bras vail-

lants qu'il sentait pleins de force, le souvenir des
parents demeurés à la maison et qui n'avaient guère
de sous, non plus, l'emplissaient peu à peu d'une
colère lente, amassée chaque jour, chaque heure,
chaque minute, et qui s'échappait de sa bouche,
malgré lui, en phrases courtes et grondantes.

Tout en trébuchant sur les pierres qui roulaient sous ses pieds nus, il grognait : « Misère...
misère... tas de cochons... laisser crever de faim
un homme... un charpentier... tas de cochons... pas
quatre sous... pas quatre sous... v'là qu'il pleut...
tas de cochons !... »

9

Il s'indignait de l'injustice du sort et s'en
prenait aux hommes, à tous les hommes, de ce
que la nature, la grande mère aveugle, est inéqui-
table, féroce et perfide.

Il répétait, les dents serrées : « Tas de cochons ! » en regardant la mince fumée grise qui
sortait des toits, à cette heure du dîner. Et, sans
réfléchir à cette autre injustice, humaine celle-là,
qui se nomme violence et vol, il avait envie d'entrer dans une de ces demeures, d'assommer les
habitants et de se mettre à table, à leur place.

Il disait : « J'ai pas le droit de vivre,

maintenant... puisqu'on me laisse crever de faim...
je ne demande qu'à travailler, pourtant... tas de
cochons ! » Et la souffrance de ses membres, la
souffrance de son ventre, la souffrance de son
cœur lui montaient à la tête comme une ivresse
redoutable, et faisaient naître, en son cerveau,
cette idée simple : « J'ai le droit de vivre, puisque
je respire, puisque l'air est à tout le monde. Alors,
donc, on n'a pas le droit de me laisser sans pain ! »

La pluie tombait, fine, serrée, glacée. Il s'arrêta et murmura : « Misère... encore un mois de
route avant de rentrer à la maison... » Il reve-

nait en effet chez lui maintenant, comprenant qu'il trouverait plutôt à s'occuper dans sa ville natale, où il était connu, en faisant n'importe quoi, que sur les grands chemins où tout le monde le suspectait.

Puisque la charpente n'allait pas, il deviendrait manœuvre, gâcheur de plâtre, terrassier, casseur de cailloux. Quand il ne gagnerait que vingt sous par jour, ce serait toujours de quoi manger.

Il noua autour de son cou ce qui restait de

son dernier mouchoir, afin d'empêcher l'eau froide
de lui couler dans le dos et sur la poitrine. Mais
il sentit bientôt qu'elle traversait déjà la mince
toile de ses vêtements et il jeta autour de lui un
regard d'angoisse, d'être perdu qui ne sait plus
où cacher son corps, où reposer sa tête, qui n'a
pas un abri par le monde.

La nuit venait, couvrant d'ombre les champs.
Il aperçut, au loin, dans un pré, une tache sombre
sur l'herbe, une vache. Il enjamba le fossé de la
route et alla vers elle, sans trop savoir ce qu'il
faisait.

Quand il fut auprès, elle leva vers lui sa grosse tête, et il pensa : « Si seulement j'avais un pot, je pourrais boire un peu de lait. »

Il regardait la vache; et la vache le regardait; puis, soudain, lui lançant dans le flanc un grand coup de pied : « Debout! » dit-il.

La bête se dressa lentement, laissant pendre sous elle sa lourde mamelle; alors l'homme se coucha sur le dos, entre les pattes de l'animal, et il but, longtemps, longtemps, pressant de ses deux mains le pis gonflé, chaud, et qui sentait

l'étable. Il but tant qu'il resta du lait dans cette source vivante.

Mais la pluie glacée tombait plus serrée, et toute la plaine était nue sans lui montrer un refuge. Il avait froid; et il regardait une lumière qui brillait entre les arbres, à la fenêtre d'une maison.

La vache s'était recouchée, lourdement. Il s'assit à côté d'elle, en lui flattant la tête, reconnaissant d'avoir été nourri. Le souffle épais et fort de la bête, sortant de ses naseaux comme deux jets de vapeur dans l'air du soir, passait

sur la face de l'ouvrier qui se mit à dire : « Tu n'as pas froid là-dedans, toi. »

Maintenant, il promenait ses mains sur le poitrail, sous les pattes, pour y trouver de la chaleur. Alors une idée lui vint, celle de se coucher et de passer la nuit contre ce gros ventre tiède. Il chercha donc une place, pour être bien, et posa juste son front contre la mamelle puissante qui l'avait abreuvé tout à l'heure. Puis, comme il était brisé de fatigue, il s'endormit tout à coup.

Mais, plusieurs fois, il se réveilla, le dos ou

le ventre glacé, selon qu'il appliquait l'un ou l'autre sur le flanc de l'animal; alors il se retournait pour réchauffer et sécher la partie de son corps qui était restée à l'air de la nuit; et il se rendormait bientôt de son sommeil accablé.

Un coq chantant le mit debout. L'aube allait paraître; il ne pleuvait plus; le ciel était pur.

La vache se reposait, le mufle sur le sol; il se baissa en s'appuyant sur ses mains, pour baiser cette large narine de chair humide, et il dit : « Adieu, ma belle... à une autre fois... t'es une bonne bête... Adieu... »

Puis il mit ses souliers, et s'en alla.

Pendant deux heures, il marcha devant lui,
suivant toujours la même route; puis une lassi-
tude l'envahit si grande, qu'il s'assit dans l'herbe.

Le jour était venu; les cloches des églises
sonnaient, des hommes en blouse bleue, des femmes
en bonnet blanc, soit à pied, soit montés en des
charrettes, commençaient à passer sur les chemins,
allant aux villages voisins fêter le dimanche chez
des amis, chez des parents.

Un gros paysan parut, poussant devant lui

une vingtaine de moutons inquiets et bêlants qu'un chien rapide maintenait en troupeau.

Randel se leva, salua : « Vous n'auriez pas du travail pour un ouvrier qui meurt de faim ? » dit-il.

L'autre répondit en jetant au vagabond un regard méchant :

— Je n'ai point de travail pour les gens que je rencontre sur les routes.

Et le charpentier retourna s'asseoir sur le fossé.

Il attendit longtemps ; regardant défiler de-

vant lui les campagnards, et cherchant une bonne
figure, un visage compatissant pour recommencer
sa prière.

Il choisit une sorte de bourgeois en redingote,
dont une chaîne d'or ornait le ventre.

— Je cherche du travail depuis deux mois,
dit-il. Je ne trouve rien; et je n'ai plus un sou
dans ma poche.

Le demi-monsieur répliqua : « Vous auriez
dû lire l'avis affiché à l'entrée du pays. — La
mendicité est interdite sur le territoire de la
commune. — Sachez que je suis le maire, et,

si vous ne filez pas bien vite, je vais vous faire ramasser. »

Randel, que la colère gagnait, murmura : « Faites-moi ramasser si vous voulez, j'aime mieux cela, je ne mourrai pas de faim, au moins. »

Et il retourna s'asseoir sur son fossé.

Au bout d'un quart d'heure, en effet, deux gendarmes apparurent sur la route. Ils marchaient lentement, côte à côte, bien en vue, brillants au soleil avec leurs chapeaux cirés, leurs buffleteries jaunes et leurs boutons de métal, comme pour

effrayer les malfaiteurs et les mettre en fuite de
loin, de très loin.

Le charpentier comprit bien qu'ils venaient
pour lui; mais il ne remua pas, saisi soudain d'une
envie sourde de les braver, d'être pris par eux,
et de se venger, plus tard.

Ils approchaient sans paraître l'avoir vu,
allant de leur pas militaire, lourd et balancé
comme la marche des oies. Puis tout à coup, en
passant devant lui, ils eurent l'air de le découvrir,
s'arrêtèrent et se mirent à le dévisager d'un œil
menaçant et furieux.

Et le brigadier s'avança en demandant :

— Qu'est-ce que vous faites ici ?

L'homme répliqua tranquillement :

— Je me repose.

— D'où venez-vous ?

— S'il fallait vous dire tous les pays où j'ai passé, j'en aurais pour plus d'une heure.

— Où allez-vous ?

— A Ville-Avaray.

— Où c'est-il ça ?

— Dans la Manche.

— C'est votre pays ?

— *C'est mon pays.*

— *Pourquoi en êtes-vous parti ?*

— *Pour chercher du travail.*

Le brigadier se retourna vers son gendarme, et, du ton colère d'un homme que la même super-cherie finit par exaspérer :

— *Ils disent tous ça, ces bougres là. Mais je la connais, moi.*

Puis il reprit :

— *Vous avez des papiers ?*

— *Oui, j'en ai.*

— Donnez-les.

Randel prit dans sa poche ses papiers, ses certificats, de pauvres papiers usés et sales qui s'en allaient en morceaux, et les tendit au soldat.

L'autre les épelait en ânonnant, puis constatant qu'ils étaient en règle, il les rendit avec l'air mécontent d'un homme qu'un plus malin vient de jouer.

Après quelques moments de réflexion, il demanda de nouveau :

— Vous avez de l'argent sur vous ?

— Non.

— Rien ?

— Rien.

— Pas un sou seulement ?

— Pas un sou seulement !

— De quoi vivez-vous, alors ?

— De ce qu'on me donne.

— Vous mendiez, alors ?

Randel répondit résolument :

— Oui, quand je peux.

Mais le gendarme déclara :

« Je vous prends en flagrant délit de vagabondage et de mendicité, sans ressource et sans

profession, sur la route, et je vous enjoins de me suivre. »

Le charpentier se leva.

— Ousque vous voudrez, dit-il.

Et se plaçant entre les deux militaires avant même d'en recevoir l'ordre, il ajouta :

— Allez, coffrez-moi. Ça me mettra un toit sur la tête quand il pleut.

Et ils partirent vers le village dont on apercevait les tuiles, à travers des arbres dépouillés de feuilles, à un quart de lieue de distance.

C'était l'heure de la messe, quand ils traver-
sèrent le pays. La place était pleine de monde,
et deux haies se formèrent aussitôt pour voir
passer le malfaiteur qu'une troupe d'enfants
excités suivait. Paysans et paysannes le regar-
daient, cet homme arrêté, entre deux gendarmes, avec une haine allumée dans les yeux, et
une envie de lui jeter des pierres, de lui arra-
cher la peau avec les ongles, de l'écraser sous
leurs pieds. On se demandait s'il avait volé
et s'il avait tué. Le boucher, ancien spahi, af-

firma : « C'est un déserteur. » Le débitant de
tabac crut le reconnaître pour un homme qui
lui avait passé une pièce fausse de cinquante
centimes, le matin même, et le quincaillier vit
en lui indubitablement l'introuvable assassin de
la veuve Malet que la police cherchait depuis
six mois.

Dans la salle du conseil municipal, où ses
gardiens le firent entrer, Randel retrouva le
maire, assis devant la table des délibérations et
flanqué de l'instituteur.

— Ah! ah! s'écria le magistrat, vous re-
voilà, mon gaillard. Je vous avais bien dit que
je vous ferais coffrer. Eh bien! brigadier, qu'est-
ce que c'est? »

Le brigadier répondit : « Un vagabond sans
feu ni lieu, monsieur le maire, sans ressources
et sans argent sur lui, à ce qu'il affirme,
arrêté en état de mendicité et de vagabondage,
muni de bons certificats et de papiers bien en
règle. »

— Montrez-moi ces papiers, dit le maire.
Il les prit, les lut, les relut, les rendit, puis or-

donna : « *Fouillez-le.* » On fouilla Randel; on ne trouva rien.

Le maire semblait perplexe. Il demanda à l'ouvrier :

— Que faisiez-vous, ce matin, sur la route?

— Je cherchais de l'ouvrage.

— De l'ouvrage?... Sur la grand'route?

— Comment voulez-vous que j'en trouve si je me cache dans les bois?

Ils se dévisageaient tous les deux avec une haine de bêtes appartenant à des races ennemies. Le magistrat reprit : « Je vais vous faire mettre

31

en liberté, mais que je ne vous y reprenne pas ! »

Le charpentier répondit : « J'aime mieux que vous me gardiez. J'en ai assez de courir les chemins. »

Le maire prit un air sévère :

— Taisez-vous.

Puis il ordonna aux gendarmes :

— Vous conduirez cet homme à deux cents mètres du village, et vous le laisserez continuer son chemin.

L'ouvrier dit : « Faites-moi donner à manger, au moins. »

L'autre fut indigné : « Il ne manquerait
plus que de vous nourrir ! Ah ! ah ! ah ! elle est
forte celle-là ! »

Mais Randel reprit avec fermeté : « Si
vous me laissez encore crever de faim, vous me
forcerez à faire un mauvais coup. Tant pis pour
vous autres, les gros. »

Le maire s'était levé, et il répéta : « Em-
menez-le vite, parce que je finirais par me fâ-
cher. »

Les deux gendarmes saisirent donc le charpentier par les bras et l'entraînèrent. Il se laissa

33

faire, retraversa le village, se retrouva sur la route; et les hommes l'ayant conduit à deux cents mètres de la borne kilométrique, le brigadier déclara :

— Voilà, filez et que je ne vous revoie point dans le pays, ou bien vous aurez de mes nouvelles.

Et Randel se mit en route sans rien répondre, et sans savoir où il allait. Il marcha devant lui un quart d'heure ou vingt minutes, tellement abruti qu'il ne pensait plus à rien.

Mais soudain, en passant devant une petite maison dont la fenêtre était entr'ouverte, une odeur de pot-au-feu lui entra dans la poitrine et l'arrêta net, devant ce logis.

Et, tout à coup, la faim, une faim féroce, dévorante, affolante, le souleva, faillit le jeter comme une brute contre les murs de cette demeure.

Il dit, tout haut, d'une voix grondante : « Nom de Dieu! faut qu'on m'en donne, cette fois. » Et il se mit à heurter la porte à grands coups de son bâton. Personne ne répondit; il

frappa plus fort, criant : « Hé ! hé ! hé ! là
dedans, les gens ! hé ! ouvrez ! »

Rien ne remua ; alors, s'approchant de
la fenêtre, il la poussa avec sa main, et l'air
enfermé de la cuisine, l'air tiède plein de
senteurs de bouillon chaud, de viande cuite
et de choux s'échappa vers l'air froid du
dehors.

D'un saut, le charpentier fut dans la pièce.
Deux couverts étaient mis sur une table. Les
propriétaires, partis sans doute à la messe,
avaient laissé sur le feu leur dîner, le bon

bouilli du dimanche, avec la soupe grasse aux légumes.

Un pain frais attendait sur la cheminée, entre deux bouteilles qui semblaient pleines.

Randel d'abord se jeta sur le pain, le cassa avec autant de violence que s'il eût étranglé un homme, puis il se mit à le manger voracement, par grandes bouchées vite avalées. Mais l'odeur de la viande, presque aussitôt, l'attira vers la cheminée, et, ayant ôté le couvercle du pot, il y plongea une fourchette et fit sortir un gros morceau de bœuf, lié d'une ficelle.

Puis il prit encore des choux, des carottes, des oignons, jusqu'à ce que son assiette fût pleine, et l'ayant posée sur la table, il s'assit devant, coupa le bouilli en quatre parts et dîna comme s'il eût été chez lui. Quand il eut dévoré le morceau presque entier, plus une quantité de légumes, il s'aperçut qu'il avait soif et il alla chercher une des bouteilles posées sur la cheminée.

A peine vit-il le liquide en son verre qu'il reconnut de l'eau-de-vie. Tant pis, c'était chaud, cela lui mettrait du feu dans les veines, ce serait bon, après avoir eu si froid; et il but.

Il trouva cela bon en effet, car il en avait
perdu l'habitude; il s'en versa de nouveau un
plein verre, qu'il avala en deux gorgées. Et,
presque aussitôt, il se sentit gai, réjoui par l'alcool comme si un grand bonheur lui avait coulé
dans le ventre.

Il continuait à manger, moins vite, en mâ-
chant lentement et trempant son pain dans le
bouillon. Toute la peau de son corps était
devenue brûlante, le front surtout où le sang
battait.

Mais, soudain, une cloche tinta au loin.

C'était la messe qui finissait; et un instinct plutôt qu'une peur, l'instinct de prudence qui guide et rend perspicaces tous les êtres en danger, fit se dresser le charpentier, qui mit dans une poche le reste du pain, dans l'autre la bouteille d'eau-de-vie, et, à pas furtifs, gagna la fenêtre et regarda la route.

Elle était encore toute vide. Il sauta et se remit en marche; mais, au lieu de suivre le grand chemin, il fuit à travers champs vers un bois qu'il apercevait.

Il se sentait alerte, fort, joyeux, content

de ce qu'il avait fait et tellement souple qu'il
sautait les clôtures des champs, à pieds joints,
d'un seul bond.

Dès qu'il fut sous les arbres, il tira de nouveau la bouteille de sa poche, et se remit à
boire, par grandes lampées, tout en marchant.
Alors ses idées se brouillèrent, ses yeux devin-
rent troubles, ses jambes élastiques comme des
ressorts.

Il chantait la vieille chanson populaire :

> *Ah! qu'il fait donc bon*
> *Qu'il fait donc bon*
> *Cueillir la fraise.*

Il marchait maintenant sur une mousse épaisse, humide et fraîche, et ce tapis doux sous les pieds lui donna des envies folles de faire la culbute, comme un enfant.

Il prit son élan, cabriola, se releva, recommença. Et, entre chaque pirouette, il se remettait à chanter :

> *Ah ! qu'il fait donc bon*
> *Qu'il fait donc bon*
> *Cueillir la fraise.*

Tout à coup, il se trouva au bord d'un chemin

creux et il aperçut, dans le fond, une grande
fille, une servante qui rentrait au village, portant
aux mains deux seaux de lait, écartés d'elle par
un cercle de barrique.

Il la guettait, penché, les yeux allumés comme
ceux d'un chien qui voit une caille.

Elle le découvrit, leva la tête, se mit à rire
et lui cria :

— C'est-il vous qui chantiez comme ça ?

Il ne répondit point et sauta dans le ravin,
bien que le talus fût haut de six pieds au
moins.

Elle dit, le voyant soudain devant elle :
« Cristi, vous m'avez fait peur ! »

Mais il ne l'entendait pas, il était ivre, il
était fou, soulevé par une autre rage plus dévorante que la faim, enfiévré par l'alcool, par
l'irrésistible furie d'un homme qui manque de
tout, depuis deux mois, et qui est gris, et qui est
jeune, ardent, brûlé par tous les appétits que la
nature a semés dans la chair vigoureuse des mâles.

La fille reculait devant lui, effrayée de son
visage, de ses yeux, de sa bouche entr'ouverte, de
ses mains tendues.

Il la saisit par les épaules, et, sans dire un mot, la culbuta sur le chemin.

Elle laissa tomber ses seaux qui roulèrent à grand bruit en répandant leur lait, puis elle cria, puis, comprenant que rien ne servirait d'appeler dans ce désert, et voyant bien à présent qu'il n'en voulait pas à sa vie, elle céda, sans trop de peine, pas très fâchée, car il était fort, le gars, mais par trop brutal vraiment.

Quand elle se fut relevée, l'idée de ses seaux répandus l'emplit tout à coup de fureur, et, ôtant

son sabot d'un pied, elle se jeta, à son tour, sur
l'homme, pour lui casser la tête s'il ne payait
pas son lait.

Mais lui, se méprenant à cette attaque vio-
lente, un peu dégrisé, éperdu, épouvanté de ce
qu'il avait fait, se sauva de toute la vitesse de
ses jarrets, tandis qu'elle lui jetait des pierres,
dont quelques-unes l'atteignirent dans le dos.

Il courut longtemps, longtemps, puis il se
sentit las comme il ne l'avait jamais été. Ses
jambes devenaient molles à ne le plus porter;
toutes ses idées étaient brouillées, il perdait sou-

venir de tout, ne pouvait plus réfléchir à rien.

Et il s'assit au pied d'un arbre.

Au bout de cinq minutes il dormait.

Il fut réveillé par un grand choc, et, ouvrant les yeux, il aperçut deux tricornes de cuir verni penchés sur lui, et les deux gendarmes du matin qui lui tenaient et lui liaient les bras.

— Je savais bien que je te repincerais, dit le brigadier goguenard.

Randel se leva sans répondre un mot. Les hommes le secouaient, prêts à le rudoyer, s'il faisait un geste, car il était leur proie à pré-

sent, il était devenu du gibier de prison, capturé
par ces chasseurs de criminels qui ne le lâche-
raient plus.

— En route ! commanda le gendarme.

Ils partirent. Le soir venait, étendant sur
la terre un crépuscule d'automne, lourd et si-
nistre.

Au bout d'une demi-heure, ils atteignirent
le village.

Toutes les portes étaient ouvertes, car on
savait les événements. Paysans et paysannes,
soulevés de colère, comme si chacun eût été

volé, comme si chacune eût été violée, vou-
laient voir rentrer le misérable pour lui jeter
des injures.

Ce fut une huée qui commença à la première maison pour finir à la mairie, où le maire
attendait aussi, vengé lui-même de ce vagabond.

Dès qu'il l'aperçut, il cria de loin :

— Ah ! mon gaillard ! nous y sommes.

Et il se frottait les mains, content comme il
l'était rarement.

Il reprit :

« Je l'avais dit, je l'avais dit, rien qu'en le voyant sur la route. »

Puis, avec un redoublement de joie :

— Ah ! gredin, ah ! sale gredin, tu tiens tes vingt ans, mon gaillard !

Achevé d'imprimer sous la direction de Paul Villebœuf, le 3o septembre 1902, par Philippe Renouard, sur papier de la maison Blanchet frères et Kléber.

Les lithographies en couleurs ont été tirées sur les presses de Eugène Verneau, René Toutain, pressier.

Le monogramme de la Société gravé sur bois par Dochy.

SOCIÉTÉ DES AMIS DES LIVRES

COMITÉ

Président :

M. Henri BERALDI, O. ✳.

Vice-Présidents :

MM. PARRAN, O. ✳. — Henry HOUSSAYE, O. ✳, I. ◉.

Archiviste-Trésorier :   *Secrétaire :*

M. Armand BILLARD.   M. Alfred BÉGIS.

Assesseurs :

MM. Charles GRONDARD. — Victor MERCIER, ✳.
Eugène RODRIGUES.

Membres titulaires :

ADAM (Mᵐᵉ Juliette).

ARNAL (Albert), *avocat.*

BAPST (Germain), ✳.

BARTHOU (Louis), *député, ancien ministre de l'Intérieur.*

BÉGIS (Alfred), *avocat.*

BERALDI (Henri), O. ✳.

BESSAND (Charles-Alloend), O. ✳, *ancien président du Tribunal de Commerce de la Seine.*

BILLARD (Armand), *ancien président de section au Tribunal de Commerce de la Seine.*

BONAPARTE (S. A. le prince Roland).

BORMANS (Paul Van-der-Vrecken de.)

BRIVOIS (Jules).

CHERRIER (Henri), *notaire.*

CHRISTOPHLE (Albert), O. ✳, *député.*

CLAPIERS (comte Luc de).

CLAYE (baron Anatole de), *des Bibliophiles français.*

CLÉMENT (Lucien), *avocat.*

COLLIN (Émile), *ingénieur.*

DELAFOSSE (Charles), *avocat.*

DESCAMPS-SCRIVE (R.).

DÉSÉGLISE (Victor), ✳, *ancien membre du Tribunal de Commerce de la Seine.*

DROIN (Ernest), ✳, *ancien président de section au Tribunal de Commerce de la Seine.*

DRUJON (Fernand), ✳, I. ◐, *chef de bureau à la Préfecture de Police.*

GALICHON (Roger).

GALLIMARD (Paul), *architecte.*

GAUTHIER (Ferdinand).

GIRARD (Antoine), I. ◐.

GRONDARD (Charles).

HANOTAUX (Gabriel), O. ✳, *de l'Académie française, ancien ministre des Affaires étrangères.*

HOUSSAYE (Henry), O. ✳, I. ◐, *de l'Académie française.*

LACOMBE (Paul).

LAUGEL (Auguste), *ingénieur des Mines.*

LEBEUF DE MONTGERMONT (Comte Louis).

LUCAS (Paul).

MASSÉNA (prince d'Essling).

MERCIER (Victor), ✳, *directeur des Affaires civiles et du sceau au ministère de la Justice.*

OUACHÉE (Charles), O. ✳, ◐, *ancien président de section au Tribunal de Commerce de la Seine.*

PAILLET (Jean), *avocat à la Cour d'appel.*

PARRAN (Alphonse), O. ✳, *ingénieur en chef des Mines.*

PORTALIS (baron Roger).

RIBOT (Henri).

ROBERT (Nicolas-Éloi), *ancien notaire.*

RODRIGUES (Eugène), *avocat à la Cour d'appel.*

SAVIGNY DE MONCORPS (Vicomte de), ✳.

SIX-DENIERS (Albert), *ancien chef de bureau à la Banque de France.*

SOLACROUP (Émile), O. ✳, *ingénieur en chef adjoint au Chemin de Fer d'Orléans.*

TRICAUD (Auguste), *avoué honoraire près le Tribunal civil de la Seine.*

TUAL (Léon), I. ◐, *commissaire-priseur.*

VAUTIER (A.), ✳, *manufacturier.*

VIEFVILLE (De), C. ✳, I. ◐, *président à la Cour d'appel de Paris.*

VILLEBŒUF (Paul), *avoué près la Cour d'appel de Paris.*

Membres honoraires :

S. M. la Reine Elisabeth de ROUMANIE.

TRUELLE SAINT-EVRON.

Membres correspondants :

ANFREVILLE (Alexandre-Victor d'), ✿, caissier principal de la Banque de France.

ARBAUD (Paul).

BIBESCO (Prince Alexandre), ✿.

BORDES (Adolphe).

BORDES (Henri).

CHARMES (Francis), O. ✿, sénateur.

CLARETIE (Jules), C. ✿, de l'Académie française, administrateur général du Théâtre-Français.

CLAUDE LAFONTAINE (Raymond).

DESTOMBES (Pierre).

DUPUICH (Georges), O. ✿.

GIRAUDEAU (Léon), agent de change.

HOÉ (Robert), ancien président du Grolier club.

HUVÉ (Jules).

LACHENAL (Adrien), ancien Président de la Confédération Suisse.

MANCHON (Léon), ancien notaire.

MATTY-HUTCHINSON.

MONTOZON (G. de).

RAISIN, O. ✿, avocat du Consulat général de France, à Genève.

RÉVILLON (Théodore), ✿.

ROBERT (Julien).

SALVERT-BELLENAVE (Marquis de), O. ✿, ingénieur en chef de première classe de la marine.

SILVESTRE DE SACY (Jules).

TERAH-HAGGIN (Mme).

VEVER (Henri), ✿.

WERLÉ (comte Alfred).

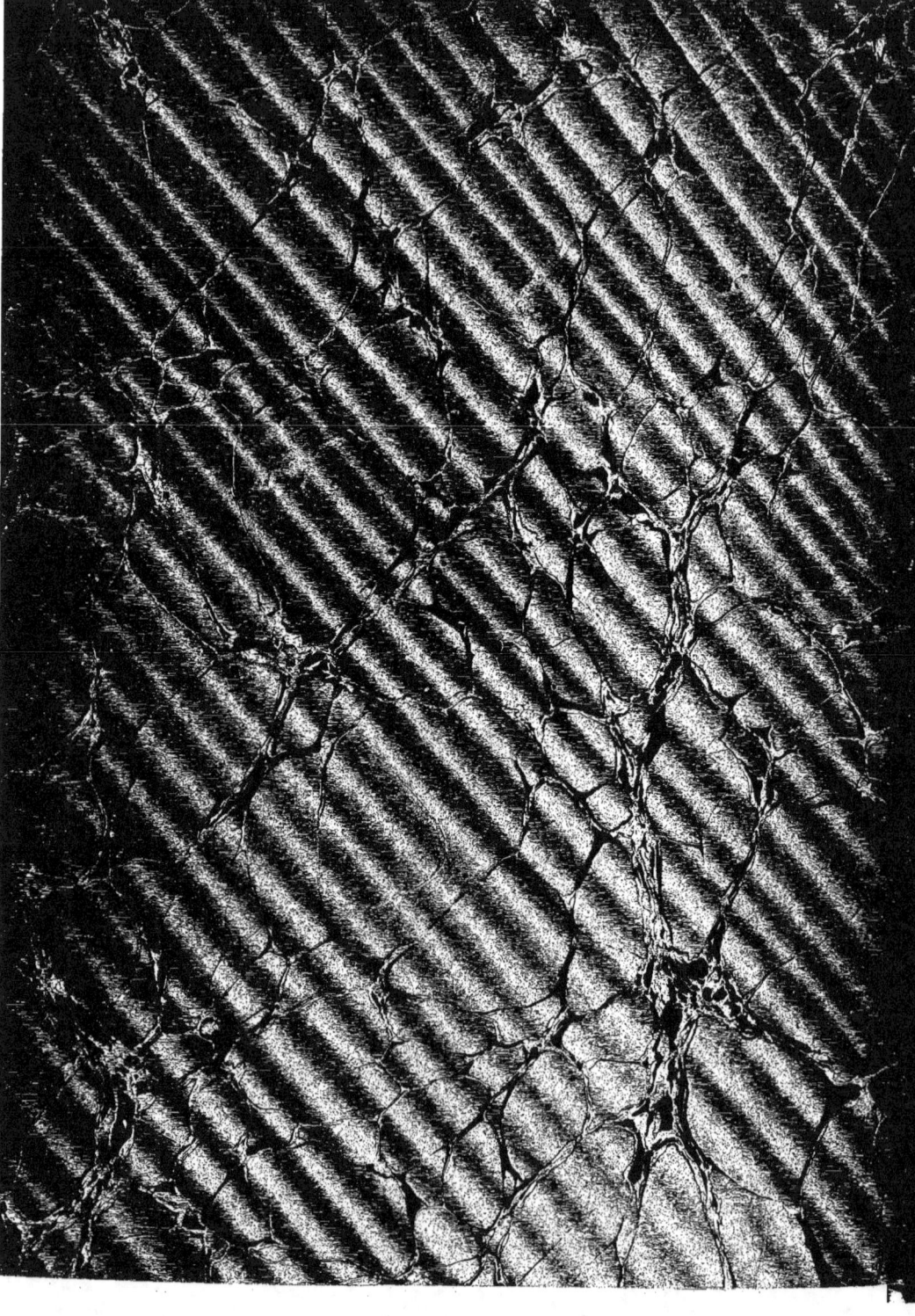

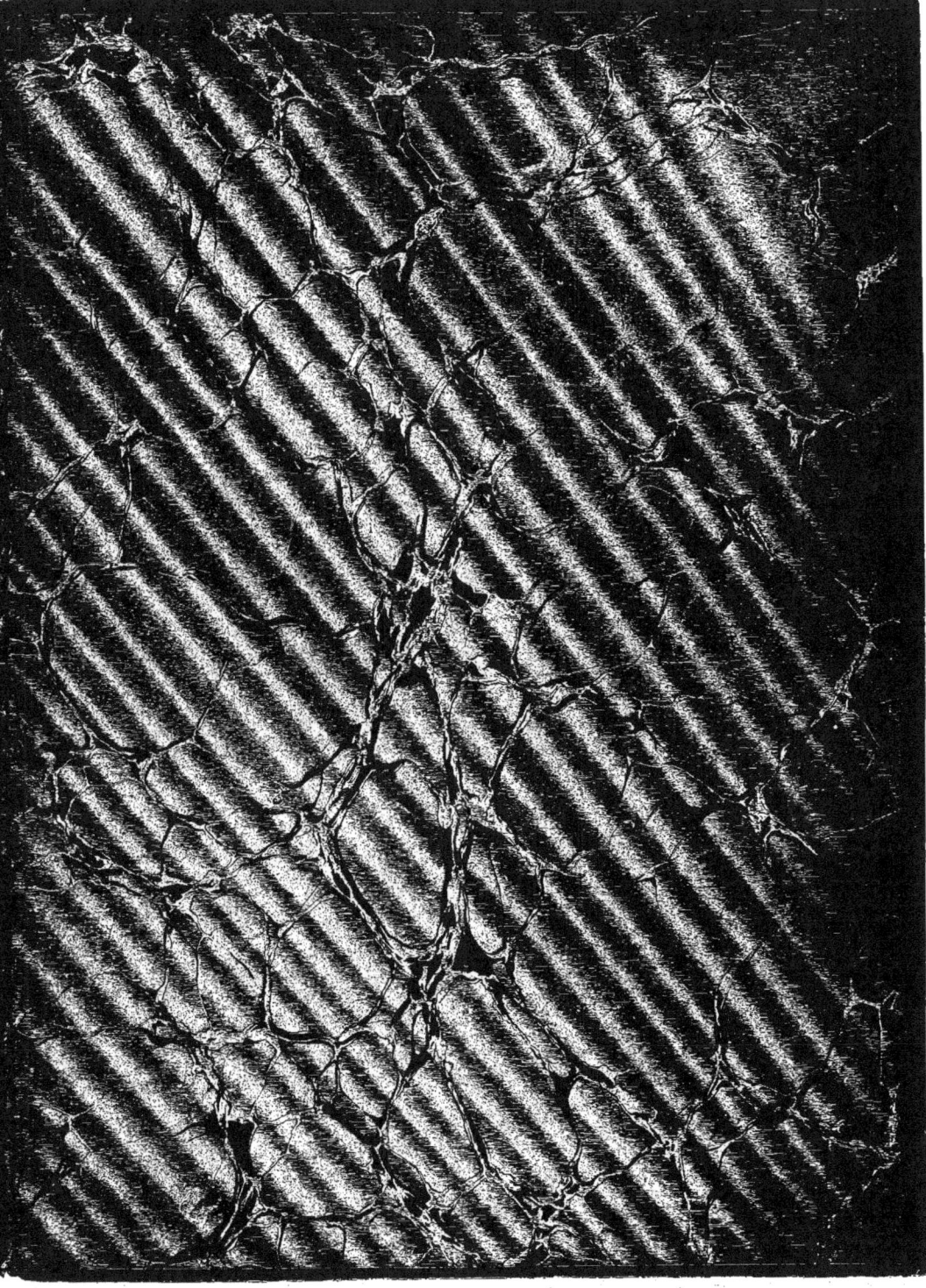

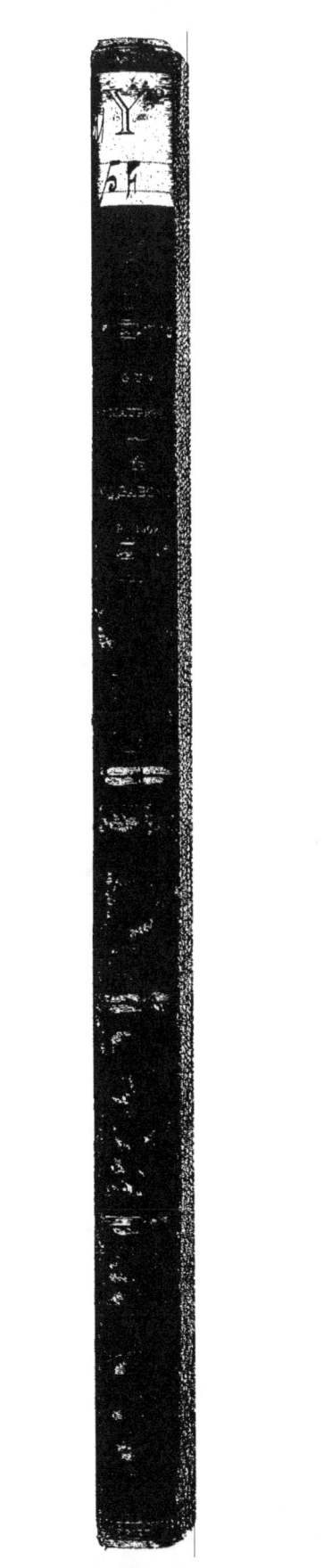